AF457687

AU BORD DE L'ÉTANG

AU BORD
DE L'ÉTANG

LÉGENDE BRETONNE

en un acte et en vers

PAR

MARIUS LEDOUX

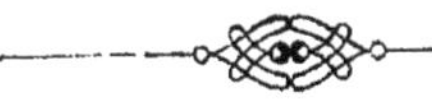

ANGERS
IMPRIMERIE ET LIBRAIRIE DE J. LEMESLE
1, place Saint-Martin, 1

1864

DISTRIBUTION :

NOEL.

JACQUE.

Mme KERGENTIER.

ROSE.

AU BORD DE L'ÉTANG

Scène première.

JACQUE, *entrant.*

Eh ! quoi, personne encore à l'endroit indiqué ;
A-t-elle oublié l'heure... ai-je mal expliqué
Le lieu du rendez-vous ? Voici pourtant l'aurore
Et déjà du coteau le plus haut point se dore.
Il me faut renoncer à la voir aujourd'hui,
Et rentrer à la ferme en cachant mon ennui.
N'entend-je point marcher ? si fait, alors c'est elle...
Non, c'est le vieux Noël... évitons-le.

(Il sort.)

Scène II.

NOEL, dans la coulisse.

La belle...
Obéissez, sinon !...*(Entrant.)*C'est bête les moutons,
On a beau leur parler, chanter sur tous les tons :
Ne mangez donc pas ça, c'est de la mauvaise herbe ;
Ça non plus, mes agneaux, c'est du blé mis en gerbe.
Bêtement leurs grands yeux vous demandent pourquoi?
On s'explique avec un, le voilà resté coi.
La raison ne veut pas se loger dans leur tête,
Ça n'a pas de bon sens; c'est très doux, mais c'est bête.
Au surplus des humains, telle est aussi l'erreur

De croire qu'on les trompe en faisant leur bonheur;
Et l'homme est si... mouton, que parfois il s'insurge
A l'instar des agneaux de feu monsieur Panurge.
Ah ! voilà le soleil! Les matins sont très frais ;
La brume qui s'élève au-dessus des marais
Humecte mes habits, engourdit tout mon être.
Eh ! déjà je suis loin du jour qui m'a vu naître ;
Le printemps et l'été m'ont donné leurs bouquets,
L'automne ses raisins, et l'hiver mes paquets.
Bientôt mon vieux Noël, ton bâton, ta besace,
Et bon voyage ami, laisse à d'autres la place.
C'est dur. Mais après tout, qui me regrettera ;
Qui sur mon brin de terre, un brin d'herbe mettra ?
Personne... Ah! j'oubliais mon pauvre petit Jacque;
Ce présent du Seigneur un jour de sainte Pâque.
Lui seul se souviendra qu'au bord de cet étang
Vivait un vieux berger. Cher enfant de mon sang,
Un mystère toujours voilera ta naissance ;
Ton aïeul n'aura pu que guider ton enfance.
Au diable la tristesse, il est grand jour, dormons.
Mon chien à lui tout seul gardera les moutons
Le rossignol des bois vient clore ma paupière,
A vingt ans j'aimais bien reposer sur la pierre.
Qu'il est beau d'être jeune, on voudrait l'être encor.
Que déjà cette fleur éclose à l'âge d'or,
Par le souffle du vent s'éparpille effeuillée
Comme s'éteint la lampe après longue veillée.
Qu'on est donc bien ainsi.

(Il s'étend sur un banc de gazon.)

Scène III.

NOEL et ROSE.

ROSE.

J'arrive encor trop tard
Jacque sera parti.

NOEL, *à part.*

Rose ici. Quel hasard ?...

ROSE.

Impossible aujourd'hui d'échapper à mon père,
De l'avenir, hélas ! parfois je désespère.

NOEL.

Qu'entend-je là Jésus ! Feignons d'être endormi.

ROSE.

Je tremble à chaque instant qu'un visage ennemi
Surprenne mon secret, qu'à tous il le colporte,
Et qu'au doigt l'on me montre allant de porte en porte.

NOEL.

Dans ce coin j'ai bien fait ma foi de me blottir...
Les yeux ouverts je rêve.

ROSE.

Allons, il faut partir.
Tiens ! c'est le bon Noël. Il dort là le cher homme,
Tandis que son vieux chien pour deux gagne la somme

Qui doit payer leur pain. Avec ce peu d'argent,
Puissé-je soulager ce vieillard indigent.

NOEL, *feignant toujours de dormir.*

Dieu veuille te bénir.

ROSE.

Son sommeil se prolonge;
Il va croire au réveil avoir fait un beau songe.

(*Elle sort.*)

Scène IV.

NOEL, *seul.*

Chère enfant au cœur d'or, j'ai tout vu, tout compris.
Que l'aumône échappée à tes mains ait pour prix
Le bonheur que Dieu donne aux anges qui sur terre
Plaignent les affligés, secourent la misère.
Mais Jacque vient ici, retournons à mon lit.
Les amours m'en voudront d'avoir trouvé leur nid.
Ma foi tant pis pour eux, si je froisse leur mousse;
Le soleil luit pour tous et pour tous l'herbe pousse.
Bonsoir.

(*Il se recouche.*)

Scène V.

NOEL et JACQUE.

JACQUE.

Un tel retard ! Il ne se peut pourtant
Qu'elle oublie un serment. A demain elle attend

Pour donner une excuse, un prétexte frivole
Sur l'emploi d'aujourd'hui. Ce manque de parole
De son indifférence est le signe certain.

NOEL.

Si je l'avais appris, j'en perdrais mon latin.

JACQUE.

Il vaudrait mieux mourir que vivre de la sorte.

NOEL.

Quand ses amours vont mal, un amant bien se porte.
Si tout marche à merveille, il tourne au dindonneau.

JACQUE.

L'étang n'est qu'à deux pas, courons-y....

NOEL, *l'arrêtant.*

Buveur d'eau !

JACQUE.

Noël!

NOEL.

Oui, c'est Noël, qui voudrait, mon gaillard,
Savoir un peu pourquoi, de même qu'un canard,
Vous iriez barbotter dans l'eau fangeuse et noire.
Pour vous noyer, garçon, cherchez autre baignoire.
Il ne faut point qu'un crime attriste le séjour
Qui fut le lieu choisi pour rendez-vous d'amour.

JACQUE.

Comment, vous savez ?...

NOEL.

Tout. Oh ! que vous êtes... jeune !
Peut-on mourir de faim, parce qu'un jour on jeûne ?
Si ta belle aujourd'hui n'est pas en cet endroit,
La faute en est à toi, mon gentil maladroit.

JACQUE.

C'est ma faute à présent.

NOEL.

Sans doute méchant drôle ;
Bien avant ta venue elle était sous ce saule.

JACQUE.

Il faisait nuit encor, j'étais sur ce rond-point.

NOEL.

Il est certain qu'à l'heure où tu n'y voyais point
Ton amante aurait pu passer devant ta tête
Sans qu'il te fut permis de lui crier : arrête.

JACQUE.

Qui vous a donc appris...

NOEL.

Ne suis-je point sorcier.
Or un devin, tu sais, doit être tracassier.
Ton cœur aime une enfant chaste, pure et candide;
Fraîche comme une fleur par la rosée humide.
Cet ange au doux regard comprend avec effroi
Que sans sa pauvreté sa main serait à toi.

Et malgré la distance, enfants, qui vous sépare;
Elle risque un honneur dont son père est avare,
Pour venir ici même une heure chaque jour,
Causer auprès de toi de ses projets d'amour.

JACQUE.

Mais qui donc...

NOEL.

Me renseigne ? Un de mes néophites
Qui vous surprit tous deux cueillant des marguerites.
« Un jour de l'an dernier au pardon de Paimpol,
» Un lutin sous mon ordre était en rossignol
» Dans les branches d'un arbre au pied duquel Rosette
» En l'écoutant chanter oubliait la musette.
» Elle était en extase et n'osait souffler mot,
» Quand soudain apparut certain maître Jacquot.
» La colombe effrayée au pardon veut se rendre;
» Mais Jacquot, beau parleur, lui dit chose si tendre
» Que la belle effeuilla l'oracle des amours
» Pour savoir si Jacquot serait ainsi toujours.
» La paquerette, hélas ! disait sans cesse : il t'aime!
» Comment ne pas faiblir lorsque la quatrième
» Redit : un peu, beaucoup, et jamais pas du tout.
» De courage et de force étant venue à bout,
» La jeune fille au gars tendit aussi l'oracle
» Qui fit pour celui-ci le semblable miracle.
» Rosette dit : je t'aime!.. et Jacquot fut heureux.»
Maître Jacque aujourd'hui comme un vrai songe creux,
Ne croit plus à l'amour et veut peupler la mare.

Grenouilles et crapauds feront beau tintamarre
En voyant arriver un pareil animal.
Douter n'est pas très bien, désespérer, c'est mal.
Pas tant d'impatience, et puisque tu veux Rose,
Ne cueille point la fleur avant que d'être éclose.

JACQUE.

Eh bien ! oui, j'aime Rose et voudrais l'épouser
Mais il est une entrave impossible à briser,
Et cette entrave ami, c'est l'ordre de ma mère
Qui contraire à mes vœux est sourde à ma prière.

NOEL.

Ta mère a le cœur bon, elle consentirait...

JACQUE.

Jamais ! Elle a juré qu'une autre porterait
Le nom que m'a légué mon père en héritage.

NOEL, *à part.*

Son père ! ah ! pauvre enfant.

JACQUE.

Le parti le plus sage
Est donc...

NOEL.

De te noyer ? Mais scélérat ! bandit !
Bois du cidre au lieu d'eau, la Bretagne en fournit.
Bah ! puisque ta maman fait la récalcitrante,
De gagner ton procès mon Jacque je me vante.

La misère, apprends-le, est fille de l'honneur!
Ce n'est point à prix d'or qu'on achète un bonheur
Et celui qui possède une simple chaumière
Rit souvent quand on pleure à la gentilhommière.

JACQUE.

Si ma mère le veut, qu'elle garde son bien ;
De Rose étant aimé je ne souhaite rien.
N'ai-je point de bons bras, la force et le courage ;
Je veux que ma fortune, à moi, soit mon ouvrage.
La calue aux deux mains du labeur est l'émail,
Il n'est point de richesse en dehors du travail.

NOEL.

C'est bien parler, mon gars, ne perds point espérance,
Ta mère à ton désir accèdera je pense.
Je plaiderai pour Rose.

JACQUE.

Il n'y faut point songer,
Où le maître échoua que peut faire un berger?

NOEL.

Le jeune maître est moins que Noël son vieux pâtre
Pour entraver les plans d'une mère marâtre.

JACQUE.

Qu'ai-je donc fait, ami, pour vous intéresser?

NOEL.

J'ai vu mon cher enfant, ta mère te bercer.

Je t'appris à parler, à marcher, à sourire ;
Et j'étais d'une joie impossible à décrire
Lorsque marchant alors d'un pas mal affermi
Tu disais : Attends moi, tu vas trop vite ami.
Au labour avec moi tu suivais la charrue
Glanant sur ton chemin de bonne herbe touffue
Pour en donner aux bœufs dans ta petite main.
Quand le temps devenu tout à coup incertain
Agitait les bouleaux de la forêt voisine
Tu prenais pour abri ma vieille limousine.
Le soir, au fond des bois, en gardant les moutons
Tu chantais les refrains de nos vieux airs bretons.
Ces souvenirs vois--tu pour les gens de mon âge
Sont des plaisirs passés le céleste mirage.
Voilà pourquoi le juste aux portes du tombeau
S'éteint en souriant à l'enfance au berceau.

JACQUE.

Aujourd'hui je suis homme et l'homme vous vénère;
Mais vous n'obtiendrez rien en parlant à ma mère.

NOEL.

Regarde et doute encor, ô maître saint Thomas.

JACQUE.

Rose !

Scène VI.

LES MÊMES, ROSE.

NOEL.

Qui vient combler les vœux que tu formas.

ROSE.

Enfin Jacque c'est vous, par bonheur je vous trouve.

NOEL.

Je retourne au bercail savoir si quelque louve
A fait en mon absence, insulte à mes brebis.

ROSE.

Non, restez, bon Noël, pour donner votre avis.

NOEL.

Et m'entendre traiter de vieil insupportable
Si mon avis pour vous n'est pas très favorable.
Merci...

ROSE.

Je vous en prie.

NOEL.

Eh ! qu'avez vous, grands dieux !
Ne vois-je point briller des larmes dans vos yeux !

JACQUE.

Des larmes !

ROSE.

Ce n'est rien.

JACQUE.

D'où vient cette tristesse ?

ROSE.

Suis-je fille à commettre une indélicatesse ?...

JACQUE.

Oh !

ROSE.

Je rougis encor d'un bien cruel affront.
Vous seul savez Seigneur! quand ces bruits finiront.

JACQUE.

Mais qu'est-il arrivé ?

ROSE.

Je rentrais à la ferme,
Et j'entendais marcher d'un pas sonore et ferme.
Ayant tourné la tête au détour du sentier,
Je reconnus alors madame Kergentier.

JACQUE.

Ma mère ?

ROSE.

Votre mère ! Oh ! Jacque, quelle scène !
Elle allait chez mon père, et je fus bien certaine
Qu'elle y dévoilerait mes sentiments pour vous.
Je n'osai point entrer redoutant son courroux,
Et me glissai sans bruit auprès d'une croisée.
Alors pâle, tremblante et la tête brisée,
J'entendis votre mère... Ah ! lui pardonne Dieu !
Dire que j'attirais son enfant en ce lieu
Pour obtenir de lui comptant sur sa jeunesse
Qu'il me donnât son nom, son cœur et sa richesse.
Mon père à ce soupçon de colère bondit,

Le front couvert de honte à votre mère il dit :
« J'ai soixante ans, madame, un nom pur et sans tache,
» Ma misère est bien grande, et pourtant je la cache.
» A personne jamais je n'eus moindre recours,
» Cent fois j'aimerais mieux voir terminer mes jours.
» C'est dire que si Jacque aimait Rose, madame,
» Jamais sur mon honneur il ne l'aurait pour femme. »
Votre mère doit-elle, en bonne loyauté,
Outrager notre honnête et digne pauvreté ?

JACQUE.

Déjà vous connaissez mon unique réponse.
Adieu donc mon beau rêve, il faut que je renonce
A l'espoir que mon cœur avait si bien formé,
D'associer ma vie à qui m'eut tant aimé.
Ma mère a tout perdu, ses fautes nous éloignent,
Mais si jamais vos yeux à mes regards se joignent
Quand nous serons ensemble à faire la moisson,
Ne les détournez pas du côté d'un buisson.
Seulement dites-vous le soir à la rentrée :
« Elle m'aime toujours sa pauvre âme ulcérée. »

NOEL.

Vous êtes amusants comme un *De profundis !*
De larmoyer à deux tout autant que pour dix.
Vous m'avez fait rester pour bailler aux corneilles,
Et vos gémissements me percent les oreilles.
Croirait-on pas vraiment que le ciel va tomber
Parce que ta maman vient de vous embourber.

JACQUE.

Vous avez bien compris, tout est perdu !

NOEL.

Non certe.

Quittes vous en serez pour une fausse alerte.

JACQUE.

Nos parents ont juré.

NOEL.

J'abolis leur décrêt.

ROSE.

Vous Noël ! et comment ?

NOEL.

Oh ! ça, c'est mon secrêt.

Mais il faut pour cela que je parle à ta mère.
Allons, chassez de suite une folle chimère,
Comptez sur moi, vous dis-je, et vous serez époux.

ROSE.

Madame Kergentier justement vient à nous.

NOEL.

Partez vite en ce cas et nous laissez ensemble.

ROSE.

Oh ! rien qu'en la voyant de tout mon corps je tremble,

JACQUE.

Si vous réussissez, si l'espoir n'est pas vain,
Vous serez bon Noël...

NOEL.

Avant un an parrain.
Va-t-en ou je la voue à sainte Catherine.
(Ils sortent.)

Scène VII.

NOEL, seul.

Voilà mes amoureux d'une humeur moins chagrine.
Sont-ils frais et gentils ! Jadis j'étais comme eux,
Mais le givre des ans a blanchi mes cheveux.
Or ça mon vieux berger songe à gagner leur cause,
A mon Jacque je veux donner pour femme Rose.
Après tout c'est mon droit de parent paternel.
Tu gardais le silence, il faut parler Noël.
(Il retourne à son banc, prend un morceau de bois et le taille avec son couteau.)

Scène VIII.

NOEL et MADAME KERGENTIER.

Mme KERGENTIER.

Tiens, c'est vous !

NOEL.

Oui, mon Dieu ! c'est ma belle personne.
Bon matin vous voilà, j'espère ma patronne.

Mme KERGENTIER.

Oui, je cherche mon fils.

NOEL

Ah ! c'est un bel oiseau,
Que votre écervelé de jeune damoiseau.
Je l'ai vu s'en allant vers le vieux presbytère
Sombre comme un bedeau portant le diable en terre.

Mme KERGENTIER

Ce nigaud sottement s'est fait ensorceler
Par une péronnelle,

NOEL

Il se laisse enjoler !..
Que m'apprenez-vous là ?...

Mme KERGENTIER

Mais la Kergentier veille,
Elle a bon pied, bon œil et surtout bonne oreille.

NOEL

De son air soucieux voilà donc le sujet.
Et qui peut il aimer ?

Mme KERGENTIER

La Rose Dubourget !

NOEL

Ma foi, j'en suis ravi ; c'est un beau brin de fille ;
Son père est honnête homme; entrez dans sa famille.

Mme KERGENTIER

Vous divaguez, Noël.

NOEL

Non pas, je le connais.
Oui, nous fîmes rencontre au milieu d'un marais,
Qui nous sauva des bleus aux guerres de Vendée.

Mme KERGENTIER

Combats sanglants dit-on ?

NOEL

Pour en avoir idée,
Il faut ainsi que moi, sans le moindre secours,
Mourant, s'être caché dans l'eau durant deux jours,

Mme KERGENTIER

Vous devez au Seigneur grande reconnaissance,
D'avoir pu résister à pareille souffrance.
Je retourne au logis; si vous voyez mon gars,
Dites lui de rentrer, qu'on l'attend sans retards.

NOEL, *à part.*

Ah ! tu veux t'en aller ! *(Haut)* Ce souvenir pénible,
A mon esprit rappelle une agonie horrible.

Mme KERGENTIER

Ce soir à la veillée, on vous écoutera.
(Elle fait un pas pour sortir.)

NOEL, *avec intention.*

Pauvre Kerwan !

Mme KERGENTIER, *interdite.*

Kerwan ! !

NOEL, *à part.*

La dame restera.
(*Haut*).Mais vous alliez je crois reprendre votre route?
Cette histoire tantôt, je vous la dirai toute.

Mme KERGENTIER

Oh ! l'on ne m'attend pas.

NOEL, *à part.*

Parbleu ! c'était certain.

Mme KERGENTIER

J'ai du nom de Kerwan, un souvenir lointain.

NOEL

L'avez vous connu?

Mme KERGENTIER, *hésitant.*

Non.

NOEL

Pourquoi donc ce mensonge.
Ce nom reveille-t-il un remords qui vous ronge ?

Mme KERGENTIER

Noël !..

NOEL

Il vous aimait, pourquoi le renier ?
Votre image, Madame, était son bouclier.
Il disait : Aimé d'elle, ô ! rien ne peut m'atteindre.
Et c'est entre mes bras que je l'ai vu s'éteindre.

Mme KERGENTIER

Par quel hasard fatal avez-vous découvert,
Un secret qui connu, dans le pays me perd ?

NOEL

Il me fut revélé par le père de Jacque

Mme KERGENTIER, *effrayée.*

Plus bas!

NOEL

Minuit sonnait, on craignait une attaque.
Un silence de mort régnait dans notre camp.
Un saint prêtre envoyé de par le Vatican,
Exhortait les enfants de la vieille Armorique,
Du haut d'un noir dolmen de l'ère druidique.
L'office terminé, Kerwan me prit à part.
« Bon Noël, me dit-il, c'est l'heure du départ.
» Tu resteras peut-être à cause de ton âge
» Et moi j'irai combattre au milieu du bocage.
» Les bleus sont bons soldats; cette expédition
» Sera de tous les chouans l'extermination.
» De l'immense avenir, Dieu, m'écarte le voile.
» Demain soir au ciel bleu, je n'aurai plus d'étoile!
» Le temps nous presse, écoute : Un fils adultérin..
» (Son père est devant toi.) Par un fatal destin
» Devra porter le nom de l'époux de sa mère ;
» Dis lui de prononcer le mien dans sa prière.
» Sans trahir mon secret ; qu'il apprenne à chérir
» Le soldat vendéen qui bientôt va mourir.

» Maintenant au combat, sur l'heure il faut me rendre
» J'ai Dieu, mon Roi, mon père et ma vie à défendre.»
Il retourna se joindre à ces hardis enfants
Qui marchaient à la mort, visages triomphants.
Longtemps encore on vit la troupe armoricaine
Comme un noir tourbillon, s'éloigner dans la plaine.
Deux jours après, Madame, il revenait sanglant
Agonir à mes pieds. » Noël, je suis brûlant,
» A boire » disait-il : » Entends-tu la mitraille !
» Arrache moi du cou ma croix et ma médaille
» C'est celle de sainte Anne, à Jacque j'en fais don.
» Pour son père au Seigneur, qu'il demande pardon.
» Noël, embrassons-nous. Bon secours à mon âme
» Qui de ton cœur de père, une larme réclame. »

Mme KERGENTIER

Vous l'aimiez bien, Noël ?

NOEL

Je suis Noël Kerwan !

Mme KERGENTIER

Kerwan !!

NOEL

Etait mon fils! Et jamais le vieux chouan,
N'eut fait allusion a ce triste mystère.
Qui serait avec lui descendu dans la terre.
Mais aujourd'hui que Jacque est menacé par vous..

Mme KERGENTIER

Par moi !..

NOEL

Sans doute, hélas ! son bonheur le plus doux
Serait de proclamer la Rose pour sa femme.
Cédez à ses désirs ; comblez ses vœux, Madame...

Mme KERGENTIER

Mais la Rose n'a rien,

NOEL

Elle aime ! et ce trésor
Est préférable aux biens qu'on achète à prix d'or !

Mme KERGENTIER

A ce sujet je viens d'avoir toute une scène.

NOEL

Laissez-vous diriger par une raison saine ;
Reconnaître sa faute est faire acte de cœur,
C'est combattre un orgueil dont le juste est vainqueur.

Mme KERGENTIER

Mais...

NOEL

Au nom de Kerwan qui d'en haut nous surveille,
Suivez le droit chemin qu'ici je vous conseille.
N'exposez point un cœur par l'amour exalté
A perdre le repos et la tranquilité :
Vous même connaissez par dure expérience
Les remords dont plus tard souffre la conscience.

Mme KERGENTIER

Noël ! ..

NOEL

Unissez-les, si vous ne voulez voir
Une autre liaison qu'enfante un désespoir,
Si vous avez pitié des pauvres créatures
Qu'à la risée humaine on donne pour pâtures.
Il est temps aujourd'hui, demain serait trop tard;
Car le fils de Kerwan, oui, votre enfant bâtard
Suivant la triste loi qui règne hélas ! sur terre
Commettrait à son tour la faute de son père.
Et la pudique enfant, la vierge aux yeux de tous
N'apporterait en dot à son crédule époux,
Qu'un cœur flétri déjà par un amour coupable.
Songez que devant Dieu, vous serez responsable
De ce parjure infâme Evitez ces malheurs,
Ne condamnez point Rose à vivre dans les pleurs.

(*A ce moment Jacque et Rose entrent en scène.*)

Voyez-les, sont-ils pas bien créés l'un pour l'autre :
En faisant leur bonheur, faites aussi le nôtre.
Tous deux nous subissons une commune loi ;
La terre qui vous porte ouvre ses flancs pour moi.
Unissons-les, Madame, et leurs douces caresses
Sur un chemin de fleurs conduiront nos vieillesses.

Mme KERGENTIER, *à Jacque.*

Allons demander Rose à maître Dubourget.

ROSE

Oh ! madame.

JACQUE

Il se peut !..

NOEL

Affreux mauvais sujet
Ose encore imiter madame la grenouille.

JACQUE

Ah ! Noël ! à vos pieds, tenez je m'agenouille.

NOEL

Tu déchires ma veste, allons, suis ta maman.

JACQUE, *à Noël, à part.*

Par quel heureux miracle...

NOEL, *de même, montrant une médaille.*

Avec ce talisman.

JACQUE

Mais c'est une médaille, une sainte Madone...

NOEL

Que portait un martyr ! enfant je te la donne.
Aux tieus elle apprendra qu'un pâtre aux cheveux blanc
Vous fit heureux par elle au bord de ces étangs.

Angers, — imp. J. Lemesle.

www.ingramcontent.com/pod-product-compliance
Ingram Content Group UK Ltd.
Pitfield, Milton Keynes, MK11 3LW, UK
UKHW022204190726
13855UKWH00004B/1615